Épreuve infernale

De la même auteure

Au-delà de l'univers, Éditions du Trécarré, 2004.

Mission périlleuse en Erianigami, Au-delà de l'univers —Tome 2, Éditions du Trécarré, 2004.

La Clé de l'énigme, Au-delà de l'univers — Tome 3, Éditions du Trécarré, 2005.

Quiproquo et sorcellerie, Au-delà de l'univers —Tome 4, Éditions du Trécarré, 2006.

Alexandra Larochelle

Épreuve infernale

Au-delà de l'univers
Tome 5

Trécarré

Catalogage avant publication de Bibliothèque et Archives Canada

Larochelle, Alexandra, 1993-

       Épreuve infernale

       Suite de : Quiproquo et sorcellerie.

       Tome 5 de la série Au-delà de l'univers.

       Pour les jeunes.

       ISBN-13 : 978-2-89568-311-7

       ISBN-10 : 2-89568-311-5

       I. Titre.

PS8623.A76E67 2006   jC843'.6   C2006-941854-3
PS9623.A76E67 2006

Les personnages mentionnés dans ce livre sont entièrement fictifs. Toute ressemblance avec des personnes ou noms réels n'est que pure coïncidence.

Remerciements

Les Éditions du Trécarré reconnaissent l'aide financière du gouvernement du Canada par l'entremise du Programme d'aide au développement de l'industrie de l'édition (PADIÉ) pour ses activités d'édition. Nous remercions le Conseil des Arts du Canada et la Société de développement des entreprises culturelles du Québec (SODEC) du soutien accordé à notre programme de publication. Gouvernement du Québec – Programme de crédit d'impôt pour l'édition de livres – gestion SODEC.

Illustrations : Guillaume Pelletier-Auger

Mise en pages : Infograf

© 2006, Éditions du Trécarré

ISBN 10 : 2-89568-311-5
ISBN 13 : 978-2-89568-311-7

Dépôt légal – Bibliothèque et Archives nationales du Québec, 2006

Imprimé au Canada

Éditions du Trécarré
7, chemin Bates, Outremont (Québec) H2V 4V7 Canada
Tel. : 514 849-5259

Distribution au Canada :
Messageries ADP
2315, rue de la Province, Longueuil (Québec) J4G 1G4
Téléphone : 450 640-1234   Sans frais : 1 800 771-3022

Alexandra Larochelle

Née le 5 mai 1993, Alexandra Larochelle connaît un parcours unique. Les quatre premiers tomes de la série *Au-delà de l'univers*, dont le premier fut publié alors qu'elle avait dix ans, se sont tous retrouvés sur le palmarès des meilleurs vendeurs.

Impressionnante par la qualité de son écriture, Alexandra sait rendre ses lecteurs captifs du début à la fin de ses récits. Elle jongle adroitement avec les styles dramatiques et humoristiques qu'elle intègre avec habileté au genre fantastique.

Étonnante de simplicité à l'occasion de ses nombreuses entrevues médiatiques ou lors de fréquentes séances de signatures, elle gagne rapidement la faveur de tous ceux qui la découvrent.

Alexandra nous présente maintenant la suite de cette série, un 5e volet au titre évocateur : *Épreuve infernale*.

Remerciements

À vous tous qui, de près ou de loin,
m'encouragez et me soutenez dans
cette aventure :
à l'équipe des Éditions du Trécarré,
à l'équipe de promotion, Trécarré et
Mercure,
à l'équipe de ADP, distributeur,
à l'équipe de Christal Films,
aux gens des médias,
aux libraires,
à mes directeurs d'école
et à mes enseignants,
à mes parents et à toute ma famille,
à tous mes amis qui me sont si précieux,
et à vous tous, chers lecteurs,
de tout cœur,
merci !

*À tous les auteurs
qui ont su faire germer en moi
cette passion pour les mots...*

L'au-delà

NON!!!

Je me réveille en sursaut, couvert de sueur. Je ne distingue rien, rien que cette lumière aveuglante devant mon visage. Une douleur affreuse me transperce les tempes. Je roule sur le sol en hurlant, mais je ne m'entends pas crier. Je ferme les yeux bien fort pour mettre fin au supplice. J'ai l'impression que ma tête va exploser !

J'ai mal, c'est horrible !

Soudain, ma douleur s'apaise, et je sens une faiblesse m'envahir. Je sombre dans un profond sommeil et je revois les moments importants de ma vie : ma naissance, mon premier jour d'école, mon arrivée en Erianigami, ma rencontre avec ma belle Chrystal, le moment où nous nous sommes embrassés, la libération du peuple erianigamien, l'empoisonnement de ma sœur, la mort de Chrystal, puis, finalement, ma chute et le noir profond qui m'a englouti...

— C'est terminé ! affirme une voix à l'intérieur de ma tête.

Je reviens à moi.

J'ouvre les yeux, me lève et regarde autour de moi. Je suis dans une salle de marbre blanc. Je suis moi-même tout de blanc vêtu. Je regarde autour de moi et cherche une issue. Je ne vois aucune porte. Je scrute le plafond, ausculte les murs, puis examine le plancher, je ne trouve rien. Il n'y a même pas de porte cachée !

Je m'adosse à un mur pour mieux réfléchir. Ce que je vis ne peut être réel.

— Pourtant, tout ce que tu vois est bien réel.

Je sursaute.

— Qui a dit ça ? je demande.

Pas de réponse. J'ai probablement imaginé ce que j'ai entendu. Ou, peut-être suis-je toujours en train de rêver ?

Soudain, j'entends un drôle de bruit derrière moi, comme une cassette qu'on rembobine. Je me retourne et vois l'image d'un vieil homme d'environ soixante-dix ans, vêtu de blanc et portant une longue barbe blanche. Sur l'image se trouve un carré indiquant : « Jouer la vidéo. » Supposant qu'il s'agit d'un écran tactile, j'appuie sur le carré et l'homme s'anime.

— La fin de votre vie est arrivée ? dit-il. Vous l'avez passée en toute quiétude et vous avez la conscience tranquille ? Le paradis est là, pour vous ! Des terrains de golf à perte de vue, des restaurants exotiques, des hôtels cinq étoiles, des spectacles à profusion, des jardins fleuris en quantité et bien plus, mais surtout, un personnel compétent et passionné qui est là pour vous offrir ce qu'il y a de mieux ! Ici, on prend soin de vous et votre bonheur est garanti ou on vous renvoie sur Terre ! Pour un traitement de roi, le paradis, c'est votre choix ! Mais si, au contraire, votre vie fut submergée de violence et de méchancetés, le paradis vous ferme ses portes. Vous passerez l'éternité en enfer, où vous subirez le même sort que celui que vous avez imposé à votre entourage. Vous aurez droit à un abonnement éternel au Grand Dôme des Tortures et au centre de divertissements, destinés à vous faire regretter votre passé. Pour des remords de fer, passez par l'enfer !

Puis, l'image disparaît.

Je n'en crois pas mes oreilles ! Je dois me rendre à l'évidence : je suis mort.

Soudain, je pense à Lauranne. Elle pourrait m'aider puisqu'elle est morte. Je pourrais, par télépathie, lui demander comment elle a fait pour sortir d'ici. Je me concentre donc pour envoyer mes pensées à ma sœur :

— Lauranne ! J'ai besoin de ton aide. Lauranne !

Silence, dans mon esprit.

— S'il te plaît, Lauranne ! Réponds-moi !

— Elle ne peut pas t'entendre.

— Qui parle ? Pourriez-vous m'aider ?

— Cherche.

Je pousse un soupir de découragement et regarde vers le plafond, d'où semble provenir la voix.

— Merci beaucoup ! dis-je d'une manière sarcastique.

C'est alors que j'aperçois, gravée au plafond, cette inscription :

« Pour lui, tu t'es donné, pour lui tu t'es sacrifié. Tu as su y trouver courage. Grâce à lui, une réussite conclut ton bref passage. Même mort, jamais tu ne diras adieu à cette force qui anime la Terre comme les Cieux. »

Je souris et déclare bien fort :

— C'est l'amour !

Je suis soudainement aspiré vers le haut de la salle. En voyant le plafond approcher, j'ai le réflexe de placer mes mains au-dessus de ma tête, mais finalement, je le traverse comme s'il était immatériel.

Eudi

Je me retrouve devant deux grandes portes de bois verni. Celle de gauche est noire et dans le bois sont sculptées des images de fourches, de flammes et de gens qui semblent déprimés. Celle de droite est blanche et dans son bois sont incrustés des dessins représentant un soleil, une table avec des plats appétissants au centre et autour de laquelle des gens ont l'air heureux. Les portes sont gardées par deux hommes vêtus de rouge. À côté des portes se tient une femme habillée d'une robe verte qui me dit d'un ton robotique :

— Bonjour et bienvenue au Terminal des Terminés. Eudi est actuellement occupé. Il pourra vous recevoir dans quelques instants. Veuillez, s'il vous plaît, patienter jusqu'à ce qu'il en ait terminé avec son client. Vous pouvez vous asseoir sur l'une des chaises mises à votre disposition, à votre droite.

J'ai envie de compléter par :

— Ceci était un message enregistré.

Mais je me retiens. Je m'assois sur une des chaises désignées par la femme.

Tandis que j'attends, cinq autres personnes émergent du plancher, à intervalles d'environ trois minutes. Elle répète donc à chacune le même petit discours, sur le même ton monocorde. Au bout de plusieurs minutes, j'entends une voix, provenant de nulle part, annoncer :

— Prochain client !

— Oui, monsieur, répond la dame en vert.

— Ha ! Je vous en prie, Dolorès ! Changez de ton et soyez plus dynamique !

— D'accord, monsieur, répond-elle, toujours sur le même ton.

Elle me regarde et me dit, plus monotone que jamais :

— Eudi en a terminé avec son client. Vous pouvez entrer au Terminal. Merci d'être venu. Je vous souhaite de passer un excellent séjour parmi nous.

Les deux gardes ouvrent les portes de bois et s'écartent pour me laisser passer. En entrant au Terminal, je sens l'angoisse me gagner. J'ai peur de ce qui m'attend. Qui est Eudi ? Passerai-je l'éternité en enfer ?

Je pénètre dans une pièce qui ne doit pas être plus spacieuse qu'une salle de classe. J'aperçois un homme d'une stature imposante, habillé en blanc et assis dans un grand fauteuil au bout d'une table ovale autour de laquelle sont assises une dizaine de personnes, elles aussi habillées en blanc. L'homme au bout de la table se lève et vient à ma rencontre en souriant.

— Ha ! Philippe ! Approche.

Il entoure mes épaules de son bras et me fait asseoir sur une chaise à côté de lui. Il me tend un grand plateau d'argent sur lequel reposent des biscuits, des brioches et des petits gâteaux.

— Sers-toi ! dit-il amicalement.

Je prends un biscuit et il me tend un verre de lait.

— Merci, dis-je.

— Je dois t'avouer, Philippe, que je brûlais d'envie te rencontrer.

Je lui souris timidement.

— Je te sens mal à l'aise. Ne t'inquiète pas, tu n'as rien fait d'assez mauvais pour qu'on t'envoie souffrir pour l'éternité! me dit l'homme en riant.

Cette dernière réplique me détend un peu.

— Voilà qui est mieux! dit l'homme en souriant largement. Je m'appelle Eudi. Je suis l'assistant du Grand Patron des Cieux qui, malheureusement, ne peut accueillir les nouveaux venus, puisqu'il est enterré sous une tonne de formulaires à remplir pour renouveler le contrat de possession des Cieux. Il sera encore occupé pour un moment. Il m'a donc chargé d'accueillir les arrivants. Je n'ai pas son talent, mais je crois tout de même faire l'affaire. J'espère ne rien t'apprendre en te disant que tu es mort.

— Je sais, dis-je.

Il désigne les personnes autour de la table.

— J'ai avec moi une équipe qui m'aide à décider où toutes les âmes doivent être envoyées, le temps que le patron reprenne son poste.

— Mais... je... Est-ce que vous... ?

— Oui, je les ai vus.

— Comment... ?

— Tu n'aurais pas besoin de parler que je pourrais comprendre tout ce que tu penses. Tous les dirigeants de l'au-delà ont ce pouvoir.

Ouf ! Je dois donc faire attention à ce que je pense !

— En effet, oui ! s'esclaffe Eudi.

Oups ! Je rougis.

— Pour répondre à ta question, oui, j'ai vu Chrystal et Lauranne.

— Et sont-elles... ?

— Non.

Ha ! C'est un peu énervant à la fin ! Je ne peux même pas finir mes phrases.

— Très bien alors ! Je ferai comme si je ne savais pas à quoi tu penses ! déclare Eudi.

— Donc, vous venez de me dire qu'elles ne sont pas ensemble ?

— C'est exact.

— Est-ce que je pourrai les revoir ?

— C'est possible, mais pas nécessairement facile.

— Comment pourrais-je les retrouver ?

— Nous avons bien un localisateur, mais il ne fonctionne plus comme on le voudrait. Un ange l'a échappé dernièrement et il s'est brisé. Alors dès que quelqu'un s'enfonce trop loin dans son imagination ou qu'il se trouve dans le monde des âmes malveillantes, le localisateur ne peut plus le repérer. Si ça n'avait pas été du localisateur brisé, tu aurais pu les retrouver immédiatement. Cependant, ta sœur et ton amie ont une imagination très fertile, elles sont donc trop loin pour que l'appareil puisse les repérer.

— Pourquoi vous ne le réparez pas ? dis-je, hébété par ce qu'il vient de dire.

— Eh bien, parce que nous sommes une semaine en retard sur la date de remise des formulaires pour renouveler le contrat, le Grand Devin, le Supérieur de l'Univers, a temporairement diminué nos salaires pour punir le patron. En raison de ces restrictions budgétaires, les anges qui auraient dû le réparer sont en grève. Ce n'est pas la joie pour tout le monde dans les Cieux.

— Qu'est-ce que l'au-delà, exactement ?

— C'est tout ce que tu peux imaginer. Cette section de l'Univers est infinie. En fait, l'au-delà est divisé en deux parties complètement hermétiques. Chacune abrite des âmes. Dans l'une d'elles, il s'agit des âmes bienveillantes, comme toi, où chaque âme peut créer son propre univers. Toutes les âmes qui y résident connaissent l'abondance éternelle et tout ce qu'elles souhaitent, elles l'obtiennent. Dans l'autre partie, réservée aux âmes malveillantes, c'est un cauchemar sans fin. Ces âmes, ou plutôt ces spectres, vivront éternellement dans la souffrance, l'envie et la terreur. Mais je ne m'attarde pas à cette description, je ne voudrais pas te faire peur.

Un frisson me parcourt le corps.

— Et, dites-moi, Chrystal et Lauranne...

Eudi éclate de rire.

— Voyons, Philippe! Tu les connais! Je n'aurais jamais pu les envoyer là-bas. Maintenant, ajoute-t-il, je crois qu'il serait temps pour toi de partir, car d'autres âmes attendent d'être jugées.

— Vous reverrai-je un jour?

— Bien sûr! Maintenant, va.

— Où ça?

Avant même qu'Eudi ne me réponde, un trou se forme dans le mur, devant moi. Je ne distingue rien, mais de la fumée blanche s'en échappe. Eudi m'y pousse gentiment.

Je pénètre dans la pièce enfumée et me retourne vers Eudi.

— Aie confiance, me dit-il en souriant.

Puis, juste avant que le trou ne se referme, il me crie :

— Bonne éternité !

Je suis seul à nouveau, sans lumière. Seul avec mes pensées : je me remémore les paroles d'Eudi. Je dois créer mon univers. Je ferme les yeux. Je visualise un jardin. Il y a des fleurs partout et une chute d'eau tiède qui coule. J'entends des oiseaux chanter et je sens la douce herbe fraîche sous mes pieds nus.

Jean-Simon

 ouvre les yeux et souris d'émerveillement. Tout ce que j'ai imaginé s'est réalisé ! J'avance au beau milieu d'un décor féerique. Soudain, je perçois un rire. Je scrute autour de moi, mais ne distingue que des fleurs à perte de vue. Le rire se fait entendre à nouveau. Je me retourne en vitesse et j'aperçois un garçon vêtu de blanc, comme moi. Il sait que je l'ai vu. Il se met à courir.

— Eh ! je crie.

Il se retourne pour me regarder et rit de plus belle. J'essaie de l'attraper, mais il est trop rapide pour moi. Il semble très jeune et infatigable. Lorsqu'il voit que je commence à être essoufflé, il s'arrête, mais quand je me remets à courir pour le rejoindre, il file de plus belle. Je ne peux m'empêcher de rire avec lui. Il est vraiment plus agile que moi ! Tout à coup, il trébuche. Vite, je cours dans sa direction, pour m'assurer qu'il va bien. Je m'approche. Il est couché, son visage contre le sol. Je m'approche encore. Je m'agenouille près de lui et pose ma main sur son épaule. Il ne semble pas respirer. Puis soudain, il se retourne vers moi et s'écrie :

— Bouh !

Voyant que je sursaute, il se met à rire. Je m'esclaffe à mon tour. Il se relève, époussette ses vêtements et me dit :

— Bonjour !

— Salut ! je réponds.

Il doit avoir environ huit ans.

— Tu cours vraiment vite! je m'exclame.

Il me fait un sourire tout fier.

— Je sais... Mes parents me le disaient souvent...

Puis il demande:

— Comment t'appelles-tu?

— Philippe, et toi?

— Jean-Simon.

— Depuis combien de temps es-tu ici?

— Je... eh bien... euh... Je dirais... plus de trois jours.

— Ha? Et précisément, ça fait combien de temps?

Il hausse les épaules d'un air désolé.

— Je ne sais pas. Après trois jours, mon âme a complètement quitté mon corps. J'ai perdu la notion du temps.

— Moi, je viens juste de mourir. Ça veut dire que dans trois jours, je perdrai, moi aussi, la notion du temps ?

— Oui, et tu ne pourras plus retourner sur Terre.

— Je pourrais retourner sur Terre maintenant ?

— Exactement !

— Et toi ? Tu n'avais pas envie de revenir sur Terre ?

— Bien oui, mais il y avait une guerre dans mon pays. Eudi m'a dit que je serais beaucoup plus en sécurité ici.

— Comment es-tu mort ?

— Un méchant chevalier a mis son épée dans mon ventre.

Un chevalier ? Il a dû vivre il y a plusieurs années.

Tout à coup, je réalise que le temps presse. J'annonce à Jean-Simon :

— Je suis désolé, mais il faut que je m'en aille. J'aimerais revenir sur Terre, mais avant, je dois trouver deux personnes.

— Je peux venir avec toi ?

— Je ne crois pas. Il me faudra faire vite et...

— Tu m'as dit que je courais vite.

— Oui, mais...

— Et si tu me laisses ici, bien, je... je...

Il prend un air vraiment triste et me dit :

— Je serai encore tout seul.

Ne pouvant résister davantage, je cède :

— D'accord, tu peux m'accompagner, mais tu dois savoir que le temps presse pour moi. Je n'ai que trois jours pour retrouver ma sœur, Lauranne, et ma petite amie, Chrystal, avant de retourner dans le monde des vivants.

Je lui raconte brièvement la mort de Lauranne, celle de Chrystal et enfin la mienne.

À la fin, il me regarde, ébahi.

— Tu as dû avoir mal quand tu as touché le sol.

— Ho ! Je n'ai rien senti. J'étais mort avant d'arriver en bas. Maintenant, je crois qu'il nous faudrait chercher une solution pour retrouver Lauranne et Chrystal.

À ces mots, une sphère transparente se forme devant moi. Je vois la tête d'Eudi apparaître à l'intérieur. Jean-Simon ne semble pas la remarquer et continue à me parler comme si de rien n'était. Eudi commence :

— Philippe, j'ai réussi à localiser Laur...

Jean-Simon me parle en même temps et je n'arrive pas à me concentrer.

— Chut, Jean-Simon !

— Il ne peut pas me voir, déclare Eudi, ni m'entendre.

— Ha, je vois !

— Qu'est-ce que tu vois ? demande l'enfant.

— Je... non ! Ce n'est pas à toi que je parle !

Eudi continue :

— Une sphère de communication comme celle-ci ne dure que quelques minutes. Je dois faire vite.

— D'accord.

— À qui parles-tu ? demande encore Jean-Simon.

— À Eudi.

— Où il est, Eudi ?

— Ha ! Arrête ! Je t'expliquerai après.

— Donc, je disais que j'ai réussi à localiser Lauranne et Chrystal. Elles ne sont pas ensemble et je ne connais pas leur emplacement exact, mais je sais dans quel coin elles se trouvent. Nous possédons un téléporteur et il s'agit du seul moyen pour parcourir de longues distances. Je vais donc le programmer et dans quelques minutes, tu seras transporté près de Lauranne.

— Super! Je ne pensais pas que ça serait si facile! Jean-Simon va m'accompagner. Au fait, il m'a dit qu'avant trois jours, on peut retourner sur Terre...

— En effet!

— Alors pourquoi les morts ne reviennent-ils pas plus souvent à la vie?

— Parce qu'ils adorent vivre ici!

— Alors, je pourrai retourner sur Terre une fois que j'aurai trouvé Lauranne et Chrystal?

— Bien sûr, si tu le souhaites, mais n'oublie pas que comme Lauranne est morte deux jours avant toi, il ne te reste qu'une journée pour la retrouver.

— Une journée? J'espère que j'aurai le temps de trouver Chrystal, une fois auprès de Lauranne, pour qu'on puisse revenir ensemble, tous les trois.

— Sois positif! Tu auras amplement le temps.

— Comme je suis tombé d'une montgolfière, mon corps ne doit pas être en très bon état? Comment vais-je pouvoir le réintégrer?

— Il se reconstituera quand tu choisiras de revenir à la vie.

— Et est-ce que je reviendrai là où je suis mort?

— Non, tu reviendras là où tu veux te retrouver. Bon, je n'ai plus beaucoup de

temps, maintenant. Je programme le téléporteur pour qu'il vienne vous chercher
dans deux minutes.

Eudi se retourne. Je l'entends marmon-
ner :

— Voilà, j'appuie ici, puis ici… Non, pas le
monde des âmes malveillantes !

— Où nous envoyez-vous ? je m'écrie,
inquiet.

— Désolé, j'ai appuyé sur la mauvaise
touche, je dois recommencer. Comment
fait-on pour annuler les opérations ? Ha,
oui ! Il faut appuyer simultanément sur le
bouton « contrôle » et sur le bouton « annuler ». Mais… où sont-ils ?

À ce moment-là, Jean-Simon hurle mon
nom pour me montrer un lapin qui court
plus loin :

— PHILIPPE ! Regarde là-bas !

Eudi sursaute en entendant la voix haut perchée de Jean-Simon.

— NOOOOON !!! hurle-t-il. J'ai appuyé sur *accepter* au lieu de *annuler* ! Un instant... ne paniquons pas, ajoute-t-il prestement en voyant mon visage affolé. Attends-moi un moment.

La sphère d'Eudi disparaît. J'attends durant ce qui m'apparaît des heures, puis Eudi revient, paniqué.

— J'ai essayé d'appeler le Grand Patron à plusieurs reprises, mais je tombe sans cesse sur sa boîte vocale ! crie-t-il.

— N'avez-vous pas essayé d'aller le voir en personne ? je demande à tout hasard.

— Son bureau est verrouillé à double tour ! Et par un quelconque tour de magie, il a fait en sorte de ne plus entendre ce qui se passe à l'extérieur. Même si je hurle, il n'entend rien. Il est donc impossible de reculer !

— Nous n'avons qu'à ne pas embarquer, je propose.

— Vous n'avez pas le choix. Le téléporteur sait où vous êtes grâce au localisateur qui le lui indique. Vous ne pouvez pas le fuir. Il a vous englober et se diriger là où il doit aller.

Il ne me reste que quelques minutes avant que le téléporteur vienne vous chercher, alors écoute-moi bien. C'est important si tu veux être en mesure de revenir, car je ne pourrai pas vous aider. Je ne suis qu'un assistant et je n'ai pas accès à cette partie des Cieux. Dans le monde des spectres, le bonheur n'existe pas. Certaines âmes, à force de vivre dans la peur et dans l'angoisse, perdent complètement la tête. Cela pourrait t'arriver aussi, et surtout à Jean-Simon. C'est un enfant, et il le demeurera pour l'éternité. Prends bien soin de lui pour qu'il ne sombre pas dans la folie. Ne laisse pas les idées noires t'atteindre. Il est également possible que tu aies des hallucinations, par exemple que tu aperçoives un grand lac d'eau claire, au milieu d'un paysage morbide. Méfie-toi, il s'agira d'un piège. Il n'existe aucune beauté dans ce monde. Évite les spectres. Ne les laisse surtout pas te toucher, tu pourrais perdre la tête pour toujours. Si un contact physique s'établissait entre toi et l'un d'eux, tu perdrais conscience jusqu'à ce qu'il te lâche. Et s'il te gardait sous son emprise trop longtemps, ta raison risquerait de ne jamais revenir. Ils sont très dangereux !

— Merci de m'avertir.

— Rends-toi près du Grand Dôme des Tortures. J'enverrai le téléporteur vous y prendre. Dernière chose, tiens-toi loin du centre de divertissements! Le patron a engagé un ange noir dont la seule fonction est de tourmenter les âmes en leur faisant faire ce qu'il veut. Il ne me reste que quelques secondes avant que ma sphère ne s'éteigne. Le téléporteur arrive dans une minute. Fais attention à toi et rendez-vous le plus vite possible au Grand Dôme des Tortures!

La seule pensée de cet édifice me fait frémir.

— D'accord.

— Bonne chance, Philippe, tu en auras besoin!

La sphère s'éteint. Je me tourne vers Jean-Simon et lui explique ce qui vient de se produire. Puis, je lui raconte ce qui nous attend. Je lui demande s'il veut toujours m'accompagner et il accepte. Je m'agenouille et le regarde droit dans les yeux :

— N'oublie pas de garder ton sang-froid, Jean-Simon. C'est très important. Tu m'entends ?

— Oui. Ne t'inquiète pas, je suis fort, moi !

Il gonfle la poitrine.

Je lui ébouriffe amicalement les cheveux, me lève et lui prends la main. Nous attendons quelques secondes, puis un bourdonnement se fait entendre. Nous levons les yeux au ciel et voyons une cabine volante s'approcher de nous. Elle est un peu plus grande qu'une cabine téléphonique et une hélice située sur le dessus lui permet de voler. Son plancher s'ouvre et elle nous englobe. Une lumière rouge s'allume et une voix ordonne :

— Serrez bien les poignées.

Sur chaque côté du téléporteur se trouvent des poignées. J'en attrape une paire et Jean-Simon une autre. La lumière rouge passe au vert et la voix annonce :

— Vous pouvez relâcher.

— Bonne chance, Jean-Simon !

— Bonne chance aussi, Philippe !

Nous nous dirigeons vers la machine. Je sens un grand stress m'envahir et la main de Jean-Simon se resserrer dans la mienne. Je me répète : « Courage, Philippe, courage. » L'hélice se met en marche. Je me sens basculer.

Les spectres

e sors de la cabine avec Jean-Simon, en titubant un peu, étourdi par le voyage mouvementé.

— Wow ! s'écrie-t-il.

C'est ce que je crierais, moi aussi, si je n'étais pas conscient des avertissements d'Eudi.

Nous nous trouvons dans une grande et magnifique vallée, entre deux chaînes de montagnes. Sur l'une des montagnes coule un petit ruisseau argenté. Sur l'autre se trouvent des centaines de saules pleureurs. Un beau flamant rose nous observe du haut d'un petit rocher.

— Ho ! Regarde, Philippe. Regarde le bel oiseau !

Avec toute sa naïveté et son insouciance, Jean-Simon s'élance vers l'oiseau.

— Jean-Simon ! Arrête ! C'est un piège ! Il ne faut pas...

Je m'élance pour le rattraper. Trop tard, mon compagnon a déjà posé la main sur l'animal qui, aussitôt, pousse un puissant cri strident et se métamorphose en vautour. Un vent glacial se met à souffler. D'un coup, le ciel s'obscurcit et fait place à la nuit. Nos vêtements passent du blanc au noir.

Le vautour se pose sur la tête de Jean-Simon et lui picore le visage avec son bec. Sa victime hurle. J'essaie de me déplacer pour l'aider, mais mes pieds restent figés au sol. J'agrippe ma jambe droite avec mes deux mains et tire pour la soulever. Rien à faire. Étrangement, quelque chose semble bouger sous une de mes mains. Quelque chose qui ne fait pas partie de mon corps. Quelque chose qui ressemble en tout point à...

— UN SERPENT !

— Aide-moi, Philippe !

— Je ne peux pas ! HAAAAA !

Je frappe le serpent sur la tête, indifférent aux conséquences que mon geste peut entraîner. Finalement, j'arrive à l'assommer et il lâche prise.

Je me précipite vers Jean-Simon, saisis les serres de l'oiseau et tire vers le haut. L'animal se tourne vers moi et entreprend de me mordre les mains. Malgré la douleur, je garde les deux mains sur ses pattes. Il se décide finalement à s'envoler.

Soulagés, Jean-Simon et moi commençons à avancer dans la vallée assombrie. Au fur et à mesure que nous progressons, les arbres sur les montagnes semblent grandir. Nous pouvons voir des ombres glisser sur le sol. Une terrible angoisse me gagne et ne veut plus me quitter. De grosses gouttes de sueur perlent sur mon front. Jean-Simon est accroché à mon bras et respire de façon saccadée.

Soudain, le cri du vautour nous fait sursauter. J'entends des bruissements d'ailes et me retourne. J'ai tout juste le temps de m'écraser sur le sol avec Jean-Simon que l'oiseau frôle nos têtes. Mon compagnon commence à pleurer :

— Je ne veux pas rester ici ! Je veux retourner dans le monde des gentils.

Toujours couché sur le sol, je lui réponds :

— Je sais, moi aussi. Pour cela, il nous faut rejoindre le Grand Dôme des Tortures.

— Demande à Eudi de nous faire revenir immédiatement !

— Je ne peux pas, il n'a aucun contrôle sur ce monde-ci.

Je veux me relever, mais soudainement, je suis pris d'étourdissements. Une fois debout, j'ai l'impression que le sol est instable. Je commence à tituber. Jean-Simon ne semble pas ressentir de malaise particulier. Il me regarde, inquiet.

— Ça va, Philippe ?

— Non... Je ne me sens pas très bien...

— Qu'est-ce qui se passe ?

— Je... Woah !

Je tombe sur le sol. Je vois double. Jean-Simon devient flou et sa voix me semble très grave et lointaine. De grandes oreilles lui poussent sur la tête et il rapetisse.

Je me remémore les paroles d'Eudi. Je ne dois pas sombrer dans la folie. Je sens ma raison m'abandonner, mais je ne sais pas quoi faire. Jean-Simon m'observe avec une inquiétude grandissante.

— Eh, Jean-Simon ! Pourquoi me regardes-tu comme ça ? Tu as l'air d'un poisson. J'ai souvent vu des poissons dans de l'eau brune. De l'eau brune, c'est comme du café, non ? Tu as l'air d'un poisson dans le café ! Un nuage de lait, s'il vous plaît ! Lait... Vache... Ferme... Mon grand-père a été élevé sur une ferme. Il y avait du foin partout, qu'il m'a dit.

Je le vois se changer en épouvantail.

— Tu as du foin dans les oreilles, Jean-Simon !

Je suis encore un peu conscient, mais j'ai peine à me contrôler. Je ferme les yeux. J'aimerais fermer mon nez, mais je ne peux pas, il est trop rigide.

Äie! Qu'est-ce que je dis là? Je commence à paniquer. J'ai peur que ma conscience finisse par me laisser tomber. Je ne pourrai plus voir Lauranne et Chrystal. Je prends une grande inspiration. Je suis dans le monde des âmes malveillantes, en compagnie d'un garçon de huit ans nommé Jean-Simon. Jean-Simon... Simon... Si mon père avait voulu... Je souris. Non! Ressaisis-toi, Philippe! Je garde les yeux fermés et prends de grandes respirations. Il faut nous rendre au Grand Dôme des Tortures. Là, nous serons sauvés. Je pourrai revoir Lauranne et Chrystal. J'ouvre les yeux et constate que Jean-Simon a repris son apparence normale.

— Qu'est-ce qui t'arrive ? demande Jean-Simon.

— Ça va. Je suis désolé. Je ne sais pas ce qui m'a pris.

Je me relève, encore un peu chancelant, et nous nous remettons en route.

Nous marchons en silence, perdus dans nos pensées. Subitement, je remarque une grande colline devant nous. J'aurais juré qu'elle n'était pas là, il y a une seconde. Confus, je regarde Jean-Simon qui ne semble pas comprendre plus que moi. Des cris me parviennent et j'aperçois un ensemble de lumières qui se dirige vers nous. Les cris sont de plus en plus distincts. Tout à coup, je me raidis en voyant une foule en colère courir vers nous, torches en l'air, épées brandies, revolvers prêts à tirer, massues tourbillonnantes... La mâchoire pendante, je reste là. Jean-Simon se met à crier. Il me prend par le bras et me tire, mais nous sommes vite rattrapés par la foule qui s'entretue en hurlant.

Du sang gicle partout, m'aspergeant au passage. Plusieurs personnes courent vers moi, l'écume à la bouche. Rien ne peut les arrêter. Elles vont me frapper et me torturer jusqu'à ce que je perde la raison! Je ne peux plus bouger, paralysé par la peur. Jean-Simon a lâché mon bras. Des gens tombent près de moi, ensanglantés. Du sang... Il y a du sang, beaucoup de sang. C'est rouge et gluant. J'en vois partout!

Tout à coup, un homme armé d'un fusil se tourne vers moi. Il me dévisage, lève son arme et me vise. J'ouvre la bouche pour hurler, mais je n'arrive à produire qu'un petit couinement. Je distingue la balle qui sort du revolver, mais je ne bouge pas, tétanisé. Elle approche de moi. Finalement, une vive douleur, la pire que j'aie jamais ressentie, me traverse la tête : la balle l'a pénétrée. Le sang gicle et éclabousse mes vêtements. C'est horrible comme ça fait mal ! Je voudrais mourir, mais je suis déjà mort !

Malgré ma souffrance, je remarque une femme qui s'apprête à m'assener un violent coup de fourche dans le ventre. Juste avant que la fourche ne me harponne, une épée vient parer le coup. Je me retourne vivement et aperçois Jean-Simon, épée à la main, qui se débarrasse de la femme. Puis, trois hommes se précipitent sur lui. Il les repousse non sans difficulté. Il se bat habilement malgré son jeune âge. Il manipule son épée avec une agilité insoupçonnée. Je m'effondre sur le sol et me tords de

douleur en tenant ma tête à deux mains.
Jean-Simon se précipite à mes côtés, tout
en continuant son attaque contre ses trois
assaillants. Il en fait vaciller un et réussit à
éloigner les deux autres. Profitant de ce
temps de répit, il s'accroupit près de moi.

— Philippe! Je vais t'aider!

— Non! Ne me touche pas! Ça fait
trop mal!

— Laisse-moi faire!

Rapidement, il écarte mes mains de mon
front et appuie sa main sur la blessure.
Instantanément, elle se referme et le mal
s'apaise. Je me lève d'un bond, m'empare de
la massue d'une femme qui essayait d'assommer Jean-Simon, lui envoie un coup de
genou dans le ventre et rejoins mon ami qui
semble faiblir devant ses trois adversaires.

— Aide-moi, Philippe! Je ne tiens plus!
implore-t-il.

J'assène un coup de massue à chacun de ses attaquants, qui s'écroulent sur-le-champ. Puis, je lui agrippe le bras et me retourne pour fuir.

— Bien joué, Jean-Simon ! Tu te bats vraiment habil...

Je réalise que je ne suis plus dans la vallée sombre. Je me trouve devant une grande cité obscure, éclairée par de sinistres lampadaires rougeâtres.

— Où sommes-nous ? demande mon compagnon, inquiet.

Partout, des gens courent en hurlant ou en pleurant. Certains se battent, d'autres se roulent sur le sol en s'apitoyant sur leur sort. Tous semblent malheureux et désespérés. Autour de moi, des panneaux fléchés pointent dans toutes les directions et indiquent des choses comme « Tu es un lâche!» ou encore: «Idiot! Tu n'es qu'un peureux!»

Je sens des larmes me monter aux yeux. Tout à coup, je doute de ma capacité à traverser cette épreuve. Je secoue la tête. Les idées noires ne doivent pas m'atteindre. Jean-Simon prend ma main et s'approche de moi. J'entoure ses épaules de mon bras.

— Tout va bien aller, ne t'inquiète pas. Garde ton sang-froid surtout.

J'avance un peu et sens alors quelque chose de visqueux sous mes pieds. Je baisse la tête et me rends compte qu'il s'agit d'une flaque de sang. J'ai un haut-le-cœur, mais j'aide tout de même Jean-Simon à éviter l'obstacle. Nous reprenons notre chemin parmi les spectres, les os et le sang.

— Fais attention, Jean-Simon. Tu ne dois pas te laisser approcher par les spectres. Souviens-toi.

— Je m'en souviens.

Il essuie des larmes qui coulent sur ses joues.

— J'ai peur, Philippe. Je ne me sens pas bien.

— Tu es fort, Jean-Simon. Tu surmonteras cette épreuve sans problème, dis-je pour le rassurer.

Il lâche ma main. Je marche encore, en pensant à Lauranne et Chrystal pour me tenir alerte. Je les reverrai bientôt. Nous revivrons. Dans un jour, je n'aurai plus de soucis.

J'observe les alentours à la recherche du Grand Dôme des Tortures. Tous ces panneaux pointant n'importe où m'étourdissent. J'essaie d'interpeller quelqu'un.

— Excusez-moi, madame ?

La femme en question se retourne brusquement.

— Toi ! Tu vas regretter de m'avoir apostrophée ainsi, espèce d'enfant stupide !

Apeuré, je recule d'un pas. La vieille dame me donne un coup de poing au ventre et me pousse avec une force incroyable. Je m'écrase sur le sol, deux ou trois mètres plus loin. Je m'accorde quelques secondes pour reprendre mon souffle, puis je me relève rapidement pour me venger de cette horrible vieille dame… mais elle a disparu ! Il faut que je reprenne mes esprits. Nous devons sortir d'ici au plus vite…

— Jean-Simon ?

Je m'arrête net. Je regarde autour de moi et ne le vois nulle part. Soudain, je l'aperçois de dos, au loin, qui se fait entraîner par un homme à l'intérieur d'une bâtisse noire et crasseuse. Il ne lui résiste pas.

— Ho, non !

Je m'élance à sa poursuite.

— Jean-Simon !

Il ne se retourne pas. Je venais juste de l'avertir de ne pas se laisser toucher par les spectres ! Comment est-ce possible ? Le spectre a dû arriver par-derrière. L'homme qui le tient ouvre la porte de la bâtisse et entre à l'intérieur. Quelques secondes plus tard, je me trouve devant la même porte. Sans hésiter, je l'ouvre et pénètre dans le bâtiment.

Le centre de divertissements

I fait noir, mais je peux distinguer un comptoir derrière lequel se tient une femme à la peau très pâle, vêtue d'une robe foncée. Dans ses yeux danse une flamme rouge et maléfique et ses cheveux sont ébouriffés. Une dent croche dans sa bouche semble vouloir tomber à tout moment et elle dégage une haleine d'enfer. Elle me dit, d'une voix rauque :

— Bienvenue au centre de divertissements.

Hésitant, j'avance un peu.

— Allez, approche, tu pourras pénétrer dans le centre et retrouver ton gentil
Jean-Simon. Je dois t'identifier pour que tu
puisses entrer.

Même si j'ai peur, j'avance vers la dame.
Je commence soudainement à avoir la nau-
sée. Je dois retrouver Jean-Simon ! Lorsque
j'arrive à sa hauteur, elle me regarde droit
dans les yeux. Mon envie de vomir s'amplifie. Pendant au moins dix secondes, elle
me fixe. N'en pouvant plus, je vomis sur le
comptoir. Elle se met à rire.

— Tu es sensible ! Dix secondes et tu
n'en peux plus ! Maintenant, approche ta
main pour valider ton entrée.

J'obéis. Elle fouille sous le comptoir et en
ressort un couteau. Elle va jusqu'à appuyer
la lame sur mon poignet avant que je com-
prenne qu'elle doit m'entailler la main pour

que je puisse entrer. Je me mets à crier à tue-tête, dégage ma main, et cours vers la porte qui me permettra d'entrer dans le centre de divertissements. Je tourne la poignée, ouvre la porte à la volée et pénètre dans le centre. De puissantes lumières blanches m'aveuglent. Je me trouve dans les estrades, au beau milieu d'une foule qui produit un bruit assourdissant.

L'homme qui tient le rôle d'animateur pointe son doigt vers un adolescent d'environ quinze ans qui se tord de douleur au sol. Il descend son bras et fait signe à deux gardes de l'emmener dans la foule.

Un frisson me parcourt le corps.

Où est Jean-Simon? Je scrute les alentours, mais ne le vois nulle part.

— Qui donc sera notre prochain participant, mesdames et messieurs? crie l'animateur. Ho ! Je vois qu'un jeune homme a fait son entrée dans la salle ! Amenez-le !

Sans prévenir, deux hommes me saisissent par les bras et m'entraînent au centre de l'arène. Je me débats, en vain. Les deux hommes me jettent aux pieds de l'animateur. Celui-ci me regarde un sourire aux lèvres.

— Qu'est-ce que je pourrais bien te faire faire ? Hummm... Nous allons demander à la foule !

L'animateur colle un doigt à mon front et, sans effort, me soulève.

— Regardez-le ! Que pourrions-nous lui faire subir ? Nous pourrions... le faire danser dans les airs !

Son doigt toujours collé à mon front, il lève son autre main et commence à la secouer. Malgré elles, mes jambes se mettent à bouger et mes bras aussi, tandis que la foule s'esclaffe. J'agrippe son doigt qui me maintient dans les airs et essaie de le décoller de mon front, sans résultat. L'animateur prend un air faussement surpris.

— Tu n'aimes pas danser ? Et tu veux que je te dépose ?

Sans répondre, je continue de lutter contre son doigt.

— Tu es sûr que c'est ce que tu veux ? Parce que tu pourrais te faire mal. Mais bon, c'est ton choix, après tout...

Il décolle son doigt de mon front et je fais une chute d'environ un mètre cinquante. Une grimace me tord le visage.

— Je t'avais averti, me dit l'animateur.

J'essaie de me relever, mais je ne peux pas, mon dos étant trop endolori.

La foule me hue.

— Bon. Ne le dérangeons pas. Je vais le laisser se remettre de ses émotions. En attendant, accueillons notre prochain participant !

J'entends l'écho d'une porte qui grince et des bruits de pas dans l'arène. Les pleurs d'un enfant me parviennent. Je tourne la tête et aperçois Jean-Simon, le poignet ensanglanté, poussé par un garde dans l'arène.

— Philippe ! s'écrie-t-il.

Dans mon excitation de revoir mon compagnon, j'oublie complètement mon mal de dos et me lève pour rejoindre l'enfant.

— Tu n'as plus mal ? me demande l'animateur.

Je ne réponds pas et vais serrer Jean-Simon dans mes bras.

— Tu n'as plus mal ? répète l'homme.

Je ne réponds toujours pas.

— J'imagine que tu aimerais partir. Tu peux si tu veux.

Je prends la main de Jean-Simon et me dirige vers la sortie.

— Tut-tut-tut! Pas si vite! fait l'animateur.

Je me sens aspirer vers l'arrière. L'animateur me fait pivoter dans les airs pour que je me retrouve face à lui. Il remet son index contre mon front.

— Avant que tu partes, j'ai un dernier cadeau à te faire.

— Non merci. Je crois que je vais m'en passer, lui dis-je.

— Allons! Ça ne se fait pas ça, de refuser un cadeau. Je te fais l'honneur de te remettre le grand prix, celui qu'on ne donne qu'aux meilleurs participants.

Pour pouvoir gagner, il faut répondre à certains critères : être lâche, être laid et être idiot ! Heureusement pour toi, tu remplis toutes ces conditions. Mais le plus surprenant, c'est que toutes les âmes de ce côté des Cieux les remplissent aussi ! Alors, les amis ! dit-il en s'adressant à la foule. Que diriez-vous d'assister au grand prix de l'oubli ?

La foule approuve en hurlant.

— Tu vas voir ! me confie-t-il. C'est très amusant !

Je commence à me débattre dans les airs.

— Tout d'abord, il faut t'immobiliser.

Il appuie sa main libre sur ma tête. Peu à peu, je sens mes membres s'engourdir. Ma vue s'embrouille.

— Ensuite, on agit comme ceci !

Il décolle sa main de ma tête et semble tirer sur quelque chose. Je vois une sorte de ruban noir sortir de mon crâne. Soudainement, je me sens faiblir. L'animateur prend possession de mon esprit! Mes membres ainsi engourdis, je ne peux rien faire pour me défendre. Je sens que peu à peu, je me vide de mes souvenirs. Il tire sur le film de ma vie! Il me faut agir, mais comment? Je ne vois plus rien. Dans quelques instants, je ne pourrai plus penser du tout. Comme une vraie carotte, en fait. J'ai déjà remarqué qu'une carotte, c'est orange. Les oranges aussi sont orange. Mais qui est l'idiot qui a pensé à appeler un fruit du nom d'une couleur? Une orange c'est orange. Ce n'est pas original comme nom. C'est comme si le nom de mon poisson rouge était Poisson-Rouge.

Un éclair de lucidité me traverse l'esprit. Je perds la tête ! Je ne pourrai plus retrouver Lauranne et Chrystal ! Chrystal... Je m'imprègne l'esprit de son image. Elle est vraiment la plus belle fille que je connaisse ! Elle est si douce, si gentille. Je l'aime tellement, cette fille. Tout à coup, je commence à retrouver la vue. La force de mon cœur agit encore une fois ! Je dois continuer à penser à Chrystal.

Les images du temps passé ensemble défilent dans ma tête. Je me souviens du jour où je l'ai rencontrée, l'amour profond que j'ai éprouvé pour elle dès que je l'ai vue, lorsqu'elle m'a pris la main...

Je peux maintenant bouger les pieds et les mains ! L'animateur semble tout à fait déconcerté. Il tire de toutes ses forces sur le ruban qui semble vouloir revenir dans ma tête. Le sol commence à trembler.

Des souvenirs! Il me faut plus de souvenirs pour reprendre la maîtrise totale de mon esprit. Je me rappelle la soirée de ma victoire en Erianigami, où nous avons tant dansé. Le sol tremble de plus en plus, mais je ne me laisse pas déconcentrer. Un peu avant cette soirée, Chrystal a fait descendre la démonange sur laquelle on était tous les deux. Nous sommes allés derrière un arbre et nous nous sommes embrassés...

À cet instant, il y a une explosion et je me libère de l'emprise de l'animateur. La foule s'agite. Je tombe sur mes pieds et empoigne la main de Jean-Simon. Je profite de la confusion générale pour m'évader hors du centre de divertissements. Nous courons le plus vite possible, jusqu'à un boisé, assez loin du centre.

À bout de souffle, je m'arrête et m'accroupis près de Jean-Simon.

— Est-ce que ça va ? je lui demande.

— Oui, ça va. Et toi ?

— Ça va bien aussi. Ton poignet ?

— En sortant, mon bobo s'est refermé. Je n'ai plus mal. Je ne me rappelle plus de ce qui s'est passé entre le moment où j'étais avec toi et le moment où je suis entré dans le centre...

— C'est normal. Tu étais sous l'emprise d'un spectre. Il faut que tu sois vigilant.

— Comment as-tu fait pour créer l'explosion ?

— J'ai découvert dernièrement que j'avais un pouvoir bien particulier. C'est la force de mon cœur qui m'a permis de me libérer de l'emprise de l'animateur. J'ai pensé à Chrystal et, comme je l'aime, mon cœur a libéré une quantité énorme d'énergie, ce qui a créé l'explosion.

— Philippe ! Attention, quelqu'un vient vers nous !

Chrystal

ne voix familière derrière moi me fait sursauter :

— Tu parlais de moi ?

Je me retourne, surpris d'entendre cette voix dans un endroit aussi lugubre.

— Chrystal !

Je me lève et cours me jeter dans ses bras, mais juste avant de l'atteindre, je suis repoussé par une force inconnue.

— Qu'est-ce que… ?

— Oh ! C'est vrai ! Tu ne savais pas ! En arrivant dans le monde des êtres bienveillants, j'ai découvert que j'avais, tout comme Lauranne, le pouvoir de télékinésie.

— Oh! Je suis si heureux de te revoir!

— Moi aussi, dit-elle.

Mais elle ne semble pas très enthousiaste.

— Comment as-tu réussi à me retrouver? je demande.

— Eudi t'a localisé, affirme-t-elle.

Une interrogation naît en moi. Eudi m'a dit que le localisateur ne repérait pas jusqu'ici. Peut-être que le Grand Patron a remis les formulaires au Grand Devin, qui lui a accordé l'argent pour faire réparer le localisateur...

Chrystal continue:

— Il a utilisé le deuxième téléporteur pour m'envoyer ici. Je n'avais pas vraiment envie de venir, mais Eudi m'a affirmé que tu serais sans doute heureux de me revoir. Je me suis dit que si ça pouvait te faire plaisir...

Je ne reconnais plus Chrystal. Il y a quelque chose de louche dans son attitude...

— Tu sembles nerveuse. Que se passe-t-il ? je demande.

— J'attends...

Puis, un sourire transforme son visage et j'ai l'impression de retrouver la Chrystal que je connais.

— Ah ! Le voilà ! s'écrie-t-elle.

— Chrystal ! Je n'arrivais pas à te trouver !

Je me retourne et vois, qui marche en direction de mon amoureuse, un garçon d'environ quinze ans.

— David ! s'écrie Chrystal.

Je n'aime pas ce David. Il ne m'inspire pas confiance.

77

— David, je te présente Philippe, un ami à moi.

Ami ? A-t-elle bien dit « ami » ?

— Philippe, je te présente David. C'est un garçon extraordinaire!

Le « garçon extraordinaire » entoure la taille de Chrystal et dépose un baiser sur ses lèvres. Chrystal passe ses bras autour de son cou et l'embrasse goulûment.

J'ai l'impression que mon cœur se déchire. Chrystal me regarde et passe une main dans les cheveux de son amoureux.

— Comme tu le sais sans doute, je n'ai qu'une journée pour retrouver Lauranne. Après ce délai, il lui sera impossible de retourner sur Terre. C'est pourquoi je dois regagner le monde des âmes bienveillantes, dit mon ex-amoureuse.

David et Chrystal se tiennent les mains.

— Pourquoi dis-tu que *tu* n'as qu'une journée pour retrouver ma sœur ?

— Ah ! Désolée ! Je croyais t'avoir dit qu'elle m'a confié en avoir assez de te suivre dans toutes tes aventures. Elle te trouve prétentieux, et elle ne te suivait que parce qu'elle n'avait pas le choix. C'est donc à moi que revient la tâche de la retrouver. Ce n'est pas toujours à toi que doit revenir le rôle du sauveur.

— Je ne te crois pas ! Je ne sais pas qui tu es ou ce qui t'est arrivé depuis que tu es morte, mais tu n'es plus la même ! Je croyais que notre relation amoureuse allait se poursuivre encore longtemps, et voilà que tu te pavanes devant moi, main dans la main, avec un autre garçon !

— *Notre* relation amoureuse ? De quoi parles-tu ?

Elle fait mine de réfléchir, puis prend un air faussement désolé :

— Tu m'aimais ? Vraiment ? Ho ! Désolée. Je peux comprendre que tu souffres de me voir avec David, si tu m'aimais vraiment. Mais, vois-tu, ce que tu as pu interpréter comme une relation amoureuse n'était en réalité que de l'amitié. De la grande amitié, certes, mais pas de l'amour.

— Pourquoi m'as-tu embrassé alors ? je lui demande, la gorge nouée.

— Je *croyais* être amoureuse de toi. Cependant, en rencontrant David, je me suis aperçue que tu n'étais rien de plus qu'un grand ami. C'est d'ailleurs à cause de toi que je suis morte. Si je ne t'avais pas ac-compagné, je ne serais pas tombée d'une montgolfière et serais toujours vivante sur le *bateau des aventuriers*. Et finalement, à bien y réfléchir, j'ai réalisé, tout comme Lauranne, que j'en avais assez de toutes ces aventures avec toi et que je te trouve assez prétentieux. Voilà ! Je m'excuse si je te blesse, mais notre grande amitié n'est plus que du passé... Maintenant, je dois y aller. Si je reste plus longtemps, j'ai peur que tu ne m'influences et que je devienne aussi prétentieuse que toi. Merci tout de même de m'avoir sauvé la vie en Erianigami. C'était très gentil de ta part. Je ne te dirai pas au revoir, car je ne te reverrai probablement jamais. Enfin, à moins que tu ne réussisses à te sortir de ce monde de fous.

David et Chrystal échangent un autre baiser et s'éloignent, main dans la main.

Je suis pris d'étourdissements. Mes jambes fléchissent et je tombe sur le sol. Ma tête bourdonne des dernières choses que mon ex-amoureuse vient de me dire. Non seulement elle ne m'aime plus, mais elle est amoureuse d'un autre garçon.

Jean-Simon s'approche de moi.

— C'est elle, Chrystal ?

Ma gorge se serre un peu plus.

— Oui, c'est elle.

— Tu es sûr qu'elle t'aime ?

Mon estomac se noue. Une rage incontrôlable s'empare de moi. Je prends tous les objets qui sont à ma portée et je les lance le plus loin possible en hurlant.

— Philippe...

— NON !

— Mais...

— Ta gueule !

La lèvre inférieure de Jean-Simon commence à trembler.

Je me frappe la tête sur un arbre en continuant de hurler. C'est à cause de moi qu'elle est morte. Notre amour n'existe plus à cause de moi. Je suis si stupide! Elle a raison, je suis prétentieux!

Mon jeune compagnon s'approche de moi et, hésitant, il pose une main sur mon bras.

Je me dégage brusquement.

— Lâche-moi! Tais-toi! Va-t'en! Je ne veux plus te voir!

Il recule en essuyant ses yeux humides. De grosses larmes emplissent mes yeux. J'entends Jean-Simon pleurer derrière moi. Je me retourne.

— Tu es encore là? Tu m'as entendu! Dégage! Je n'ai plus besoin de toi!

Il me considère un moment, puis s'éloigne lentement en sanglotant.

Une seule pensée me vient à l'esprit: oublier, et vite! Oublier mon malheur, oublier mon amour perdu. En courant, je reviens vers le centre de divertissements. J'ouvre la porte à la volée. Je m'approche de la dame derrière le comptoir et tends mon bras pour qu'elle me l'entaille.

— Tu reviens vite. J'imagine que tu as aimé l'expérience...

Je ne la regarde pas. Elle sort un couteau et me taillade le bras. J'ai mal, mais je ne crie pas. Je mérite ma souffrance. J'ai tué ma sœur. Si j'étais intervenu plus vite, les sorciers ne l'auraient pas empoisonnée. J'ai tué Chrystal. Si je ne l'avais pas entraînée dans toute cette aventure, elle serait encore vivante. J'ai tué Joseph. Si je n'avais pas décidé d'embarquer dans sa montgolfière, il serait toujours dans son laboratoire. Je ne suis qu'un lâche.

Je pénètre dans l'arène. L'animateur me regarde et s'écrie :

— Revoilà notre participant préféré !

Sans prévenir, deux gardes m'empoignent et m'amènent devant l'animateur. Lorsqu'ils me lâchent, je m'écroule aux pieds du bourreau. Je lui crie :

— Je veux oublier ! Je suis un meurtrier ! Aspirez mon esprit et gardez-le à tout jamais !

— Hummm... fait l'animateur. Tu me sembles bien triste. Tu es certain que tu veux oublier ?

— Oui.

— Alors d'accord.

L'animateur colle un doigt à mon front, me soulève et appuie sa main libre sur ma tête. Comme prévu, je sens mes membres s'engourdir. Bien vite, je ne peux plus bouger. Une vague de fatigue s'empare de moi. L'homme commence à aspirer mon esprit.

Tous mes souvenirs défilent à une vitesse vertigineuse. Ma tête se vide peu à peu.

Une voix puissante me fait sursauter.

— Stop!

Je tombe sur le sol. J'entends des gens crier. L'animateur hurle quelque chose au nouvel arrivant. Je n'ouvre même pas les yeux. Mon seul désir est de m'endormir et de ne jamais me réveiller. Je sens des mains m'agripper par les épaules et me soulever. La personne me hisse sur son dos. Je suis entraîné à l'extérieur du centre. Pendant de longues secondes, la personne court. Puis, elle s'arrête et je bascule.

Le sauveur

J e sens de l'herbe sous moi. J'ouvre les yeux et me redresse. Un beau soleil rosé brille dans le ciel. Serais-je victime d'une hallucination ? Non, c'est impossible, cette ambiance enchanteresse ne peut être que celle du monde des âmes bienveillantes. Une envolée d'oiseaux passe au-dessus de ma tête. Jean-Simon est près de moi.

— Philippe !

Il s'approche de moi et me serre dans ses bras.

— Je m'excuse pour tantôt, Jean-Simon. J'étais fâché, je ne pensais pas vraiment ce que j'ai dit.

— Ça va ! Je t'avais déjà pardonné.

Quelqu'un derrière moi dit :

— Tu te sens mieux ?

Je me retourne.

— Joseph !

Je cours me jeter dans les bras de l'inventeur.

— C'est vous qui m'avez sorti de là et m'avez ramené dans le monde des âmes bienveillantes, hein ?

— En effet, c'est moi.

— Comment avez-vous fait pour me retrouver ? Vous appartenez au monde des bienveillants, non ?

— Oui. Eudi commençait à craindre pour toi et Jean-Simon. Quand je suis arrivé au Terminal des Terminés, il m'a fait part de ses inquiétudes et je me suis offert pour aller vous chercher. Il m'a dit de fouiller toutes les bâtisses, mais surtout le centre de divertissements, là où la plupart des âmes en peine finissent par se diriger. J'ai trouvé Jean-Simon près du centre. Il m'a dit que tu étais à l'intérieur. Alors, j'ai couru te chercher et lorsque je t'ai trouvé, tu étais trop faible pour marcher. J'ai dû te porter sur mon dos. Puis, avec Jean-Simon, on a couru jusqu'au Grand Dôme des Tortures, où nous avons rejoint le téléporteur.

— Merci, Joseph. Merci beaucoup.

Je lutte contre mon envie de pleurer.

— Qu'est-ce qui se passe, Philippe ?

J'éclate en sanglots.

— C'est que... vous venez de me ramener en sécurité. Vous venez de me sauver alors que je ne le mérite pas.

— Philippe, ne dis pas ça.

— C'est à cause de moi si vous êtes mort. C'est à cause de moi si Chrystal et Lauranne sont mortes. Je suis un meurtrier. Je méritais de rester dans le monde des âmes malveillantes !

— Oh ! Philippe ! Tu n'es pas un meurtrier et tu le sais. Lauranne est morte empoisonnée. Tu n'aurais pas pu faire plus pour elle. Chrystal est morte dans une tempête que personne n'aurait pu prévoir. Quant à moi, je suis mort dans les mêmes circonstances que Chrystal. Tu n'as rien à te reprocher dans toute cette aventure.

— Pourtant, Chrystal...

— Ha ! Arrête, Philippe ! Personne ne t'en veut. Nous sommes tous fiers de toi, bien au contraire !

— Mais...

— Attends !

Joseph se met à fixer le vide.

— D'accord, dit-il avec un sourire, il sera vraiment heureux !

Joseph se tourne vers moi.

— C'était Eudi. Il envoie une petite surprise pour toi.

L'inventeur affiche un sourire mystérieux.

Soudain, le bourdonnement du téléporteur se fait entendre. Je lève les yeux au ciel et l'aperçois qui se dirige vers nous. Il reste en suspension à quelques centimètres du sol. Je distingue Chrystal à l'intérieur. Elle s'accroche aux poignées et le plancher de la cabine s'ouvre. La machine dépose Chrystal sur le sol et s'envole. Chrystal me sourit. Mon cœur se serre de rage.

— Philippe !

Elle court vers moi. En utilisant toute la rage qui se consume au fond de moi, j'utilise la force de mon cœur pour créer une barrière entre elle et moi. Elle s'arrête net.

— Qu'est-ce que… ?

Je lui souris avec mépris.

Déconcertée, elle hausse les épaules et s'exclame :

— J'avais tellement hâte de te revoir !

— Ha ? C'est bon à savoir.

Joseph me regarde, surpris. Chrystal fronce les sourcils.

— Alors, as-tu retrouvé Lauranne ? me demande-t-elle.

— Tu sais que tu es incohérente ? Il n'y a pas longtemps, tu disais vouloir la retrouver seule, et maintenant…

— De quoi est-ce que tu parles ?

— Et pas de mémoire en plus ! De toute évidence, je n'ai vraiment pas choisi la bonne fille. Une erreur de jeunesse, je suppose. De toute façon, ton cœur est déjà pris par quelqu'un d'autre.

— Mais, Philippe… ?

— Salue David de ma part ! Vous allez vraiment bien ensemble !

— David ? demande-t-elle, confuse.

— Tu viens, Jean-Simon ?

Joseph s'approche de moi et pose une main sur mon épaule. Je me dégage brusquement et fais grimper Jean-Simon sur mon dos. Je m'éloigne rapidement.

Je cours jusqu'à être hors de la vue de Joseph et de Chrystal. Je me cache derrière un arbre et enfouis mon visage dans mes mains pour pleurer. Jean-Simon s'approche de moi et essaie de me consoler.

Une grosse voix me fait sursauter.

— Philippe !

Je lève la tête. Eudi se tient dans une bulle devant moi. Il me contemple sévèrement.

— Je n'ai absolument rien compris à l'histoire que tu as racontée à Chrystal.

J'éclate de nouveau en sanglots.

— Que diable t'a-t-elle fait pour mériter un tel châtiment ?

— Lorsque vous l'avez envoyée dans le monde des âmes malveillantes, elle n'était même pas heureuse de me revoir et elle n'a pas arrêté de m'insulter. En plus, elle était accompagnée de son « garçon extraordinaire » qui se prénomme David et...

— Stop ! s'écrie Eudi. Lorsque je l'ai envoyée ? De quoi est-ce que tu parles ?

— Enfin... C'est elle qui m'a dit que vous l'aviez envoyée.

Eudi se tape le front.

— Philippe ! Ce n'est pas Chrystal que tu as vue ! C'était un spectre !

— Un spectre ? Vous en êtes sûr ?

— Mais oui ! Je t'avais averti que tu pouvais avoir des hallucinations !

— Donc... Vous dites que Chrystal était toujours dans ce monde-ci, qu'elle m'a toujours aimé et que David n'a jamais existé ?

— Exact !

Je me tape le front à mon tour.

— J'aurais dû y penser ! Vous me l'aviez dit !

— Ma sphère va s'éteindre, Philippe ! Vite, va retrouver Chrystal et explique-lui ta réaction !

Il me fait un clin d'œil et la sphère se dissipe.

De Vinci et compagnie

Je distingue Chrystal en pleurs dans les bras de Joseph, qui essaie de la consoler. Je m'approche au pas de course. Chrystal lève la tête et me regarde. Je m'arrête. Je ne sais plus quoi faire. Mon amoureuse est secouée de sanglots. Je la fixe, nerveux, les jambes molles. Tout à coup, elle s'écrie :

— Mais qu'est-ce que tu as ? Es-tu devenu fou ?

Je prends une grande inspiration et m'approche. Je lui murmure :

— Oui, je l'étais… Je suis désolé.

Elle lève la tête et me fixe.

— Tout ce que tu as dit, était-ce sérieux ? demande-t-elle.

— Au moment où je te l'ai dit, oui, mais maintenant que je réalise mon erreur, non.

Joseph, Chrystal, Jean-Simon et moi nous assoyons dans l'herbe fraîche et moelleuse. Je commence mon récit, parfois aidé de Jean-Simon. Lorsque je termine, Chrystal m'embrasse sur la joue.

— Tu aurais dû savoir que jamais je ne t'aurais dit ça ! affirme-t-elle.

— C'était tellement... réel.

— Je t'aime, Philippe !

— Moi aussi.

— Allez, les amoureux ! Le temps presse ! lance Joseph.

Nous nous levons rapidement. En enlevant les brins d'herbe sur mes vêtements, je constate que ces derniers sont redevenus blancs. Soudain, je sursaute et me retourne vers Joseph.

— Lauranne est morte deux jours avant nous et comme on a trois jours avant que notre âme se sépare définitivement de notre corps, il faudrait la retrouver aujourd'hui...

— Auj... aujourd'hui ? Mais on n'aura jamais le temps. À moins qu'Eudi nous aide...

— D'accord. Mais il faudrait que le localisateur arrive à la trouver.

Une sphère se crée devant moi et Eudi apparaît à l'intérieur.

Je me retourne vers Joseph, Jean-Simon et Chrystal.

— Eudi est devant moi, dis-je.

— Hélas, Philippe ! s'exclame Eudi. Ta sœur est encore trop loin dans son imagination pour que le localisateur puisse la trouver. Je ne peux donc pas te mener à elle.

— Mais qu'est-ce que je peux faire ?

— La seule solution, c'est d'attendre qu'elle revienne dans une dimension accessible du monde des âmes bienveillantes.

— Attendre, oui, mais combien de temps ? Demain, il sera trop tard.

— Je n'en sais rien, Philippe. Dès que le localisateur la repérera, j'enverrai le téléporteur vous chercher.

— Bon, merci, Eudi.

La sphère s'efface. Jean-Simon me regarde :

— Je sens que tu n'as pas de très bonnes nouvelles.

— Lauranne n'est pas accessible pour le moment. Il nous faut donc attendre.

Jean-Simon pousse un long soupir de découragement et s'assoit dans l'herbe. Nous l'imitons. Chrystal se tourne vers Joseph.

— Joseph ?

— Oui ?

— Que comptez-vous faire, une fois que nous aurons retrouvé Lauranne ?

Il semble embarrassé par la question.

— Bien... Je... À vrai dire, je ne sais pas. Je ne peux pas retourner en 1782, car je vais être condamné à mort pour avoir aidé une sorcière à s'échapper !

— Vous pourriez venir avec nous, dans le présent, je propose.

— Ça serait à considérer, mais...

— Mais quoi ?

— Vous m'avez dit que dans votre présent, je suis célèbre pour avoir inventé la montgolfière.

— Oui, et alors ?

— Bien, les gens savent que j'ai vécu au 18e siècle. C'est pourquoi je ne trouve peut-être pas très approprié d'arriver un peu plus de 200 ans après mon époque...

— Vous n'auriez qu'à changer d'identité.

— Mais je ne connais même pas vos habitudes de vie !

Un ange passe.

— Nous en reparlerons ! affirme-t-il.

Je m'étends dans l'herbe avec Chrystal. Nos mains s'enlacent.

Tout à coup, je pense à mes parents. Je sursaute. Je les avais oubliés après tout ce temps !

— Qu'est-ce qu'il y a ? demande Chrystal.

— Je viens de penser que mes parents doivent être morts d'inquiétude!

Elle serre un peu plus sa main dans la mienne, pour me rassurer.

Soudain, une idée folle me traverse l'esprit. Je me lève d'un bond et tends la main à Chrystal.

— M'accorderiez-vous cette danse, belle demoiselle? je lui demande d'un ton galant.

— Mais avec plaisir, mon preux cavalier!

Elle me prend par le bras et je l'entraîne sur la piste de danse imaginaire. Je passe mes bras autour de sa taille et elle, autour de mes épaules.

Dans ce monde-ci, je peux faire ce que je veux... J'imagine une salle de bal décorée où dansent des dizaines de personnes masquées. Une douce mélodie venant de nulle part se fait entendre. Nous commençons à bouger un peu, d'abord éloignés l'un de l'autre. Mon amoureuse me sourit et me demande, sur un ton de dame sophistiquée :

— Ne vous sentez-vous pas un peu seul, entouré de tous ces gens que vous ne connaissez pas?

— J'ai toute la compagnie nécessaire, charmante princesse!

Je me rapproche un peu plus d'elle. Elle pose sa tête sur mon épaule. Nous sommes vraiment près l'un de l'autre maintenant. Je lui murmure :

— Trouveriez-vous déplacé que mes lèvres se joignent aux vôtres et qu'un doux baiser s'ensuive?

— Si c'est fait avec toute la délicatesse due à mon noble rang, ça serait un plaisir pour moi!

Une fébrilité naît en moi. C'est drôle, je l'ai déjà embrassée, mais on dirait que c'est comme la première fois. Ma bouche s'approche de plus en plus de la sienne. Du coin de l'œil, j'aperçois Jean-Simon qui semble dégoûté. Finalement, Chrystal joint sa bouche à la mienne. Je savoure cet instant en fermant les yeux. Ce moment semble aussi magique que la première fois...

— Philippe! Philippe! Ha, bon sang! Chrystal!

Je sors de ma torpeur pour constater que Joseph crie mon nom. La salle de bal a disparu. Je rougis. J'ai dû embrasser Chrystal un bon moment pour que Joseph semble si impatient.

— Oui?

— Je viens de parler à Eudi. Lauranne est maintenant accessible. Il nous envoie le téléporteur qui devrait arriver sous peu.

Une minute plus tard, nous entendons un bourdonnement : le téléporteur est là. La cabine nous englobe et nous décollons. Quelques instants plus tard, nous atterrissons à la lisière d'un boisé. Nous sortons du téléporteur, qui s'envole automatiquement, et avançons parmi les arbres.

Nous apercevons, un peu plus loin, un banc où sont assises deux personnes. Je sens que ma sœur est là. J'approche du banc au pas de course. Arrivé près des deux personnes, je m'aperçois que ce n'est pas du tout Lauranne. Je continue donc mon chemin, un peu déçu et paniqué par le temps qui presse. Plus j'avance, plus j'ai la sensation de m'éloigner de ma sœur.

Tout à coup, des rires nous parviennent. Ce sont trois personnes qui parlent. Nous cherchons la provenance de ces voix et voyons se diriger vers nous trois hommes qui semblent assez vieux. Joseph se raidit en les voyant approcher.

— Que se passe-t-il, Joseph? je lui demande.

— Là! L'homme au centre... C'est... Ce n'est pas possible. C'est...

Sa voix se casse.

— Qui est-ce? je demande, curieux.

— C'est...

Un grand sourire illumine son visage.

— C'est Léonard de Vinci! crie-t-il.

— En êtes-vous certain?

Trop tard, Joseph se dirige à grandes enjambées vers son idole.

— Monsieur de Vinci! s'exclame-t-il en lui serrant énergiquement la main.

— Oui? répond l'autre, légèrement étonné. À qui ai-je l'honneur?

— Je me nomme Joseph de Montgolfier et je suis l'inventeur de la montgolfière!

— Un inventeur! Cela m'intrigue! Qu'est-ce qu'une montgolfière?

Joseph lui explique le fonctionnement de son invention.

— Mmmmm... Il me semble avoir déjà entendu parler de cette invention par des amis d'une autre époque que la mienne.

Pendant que les quatre hommes parlent de science et d'inventions, Chrystal est attirée par le bruit d'un ruisseau, un peu plus loin. Elle me fait signe de la suivre et me prend la main. Plus nous approchons, plus le bruit du ruisseau s'amplifie. Une fois devant, nous sursautons en constatant qu'il s'agit d'un fleuve.

— Regarde, Chrystal! Il y a un bateau là-bas! Il ressemble étrangement au *bateau des aventuriers*!

Je la prends par la taille et nous avançons vers le bateau. Une inscription indique « *bateau des aventuriers* ».

— C'est impossible! Le bateau est en Erianigami!

Nous grimpons à bord. Il est exactement comme le *bateau des aventuriers*! Nous nous dirigeons vers le pont. Le soleil se couche.

— Le coucher de soleil de mon père! s'écrie Chrystal.

Je me penche par-dessus bord.

— Regarde l'eau! Elle est jaune! C'est de la limonade!

Chrystal se rapproche de moi et dépose sa tête sur mon épaule.

— C'est ici qu'on s'est rencontrés...

Nous fermons les yeux quelques secondes pour nous remémorer les premiers instants passés ensemble.

Puis, j'ouvre les yeux et constate que je suis de retour sur le gazon, face au fleuve. Je pousse une exclamation de surprise.

— Ai-je halluciné ? je demande.

— Peut-être, répond Chrystal. Ce fleuve doit raviver les meilleurs souvenirs...

Nous revenons sur nos pas. Je me surprends à dire :

— On est vraiment bien, ici.

Nous marchons silencieusement, main dans la main. Finalement, je me risque à lui poser la question qui me tracasse :

— As-tu vraiment envie de revenir à la vie ?

Elle se tait et j'attends. Je ne veux pas qu'elle me réponde, en fait. Après un moment, elle s'adosse à un arbre et me prend les mains.

— Je te suivrai où tu iras.

— Je sens que ce n'est pas fini et que ma mort n'est qu'un passage, mais j'ai envie de rester ici.

— Ton bon jugement, que te dit-il ?

— Il me dit que d'autres ont encore besoin de moi...

— Alors, la décision est prise... Tu vas mourir de toute façon. Tu reviendras ici dans quelques années et ça sera tout aussi beau. La mort peut t'attendre, mais pas la vie.

— Tu as raison ! Merci, Chrystal !

Elle me donne un baiser sur la joue et nous retournons auprès de Jean-Simon et de Joseph. Léonard de Vinci et ses amis s'éloignent, mais j'entends de Vinci crier à mon ami :

— On se revoit bientôt pour prendre un verre ?

— Ça serait avec grand plaisir ! lui répond Joseph.

Puis, il se tourne vers moi :

— Je n'en reviens pas ! Léonard de Vinci ! Quel homme ! Quel génie !

Nous continuons notre route pendant que Joseph fait l'éloge de son idole.

Soudain, Jean-Simon s'exclame :

— Chut ! Écoutez !

Nous entendons de la musique. Un rigodon ! Nous laissons le son de la joyeuse mélodie nous guider. Après un certain temps, une grande cabane se dessine à une centaine de mètres de nous, entre les arbres. Nous nous dirigeons vers elle. Arrivés plus près, nous constatons que ce n'est pas seulement une grande cabane, mais bien un bâtiment de très grande dimension. Nous poursuivons notre chemin. La musique est

de plus en plus forte. Parvenu à la hauteur
du bâtiment, Joseph pousse la grande porte
et nous entrons dans ce lieu de fête.

Lauranne et Samuel

a place est bondée! Des musiciens manient leur archet et d'autres, leur accordéon, au plus grand bonheur des centaines de personnes qui se déhanchent sur l'immense piste de danse. Nous avançons péniblement entre les couples qui sautillent au rythme de cette musique entraînante. Joseph fait grimper Jean-Simon sur ses épaules afin d'éviter qu'il ne se fasse écraser sous le poids des danseurs. Chrystal me saisit la main pour que l'on ne se perde pas. Joseph, Chrystal

et moi cherchons Lauranne parmi la foule, mais ne la voyons nulle part.

Tout à coup, Chrystal semble me tirer vers l'arrière. Je crie à Joseph de nous attendre. Il n'entend pas et continue de se frayer un chemin. Je me retourne et vois un autre garçon d'environ quatorze ans, vêtu d'un costume ancien, qui tient les hanches de Chrystal et lui demande d'une voix langoureuse :

— Viens près de moi, ma belle.

Je m'approche un peu de lui pour qu'il m'entende, tire sur le bras de Chrystal et dis au garçon :

— Désolé, on n'a vraiment pas le temps !

— Comment peux-tu être pressé alors que tu es mort ?

— Je te dis qu'on n'a pas le temps ! je répète impatiemment.

— Bien, toi, va-t'en si tu es pressé, je garde la demoiselle avec moi.

Chrystal se tortille pour se libérer de la forte poigne de l'adolescent.

— La demoiselle, comme tu dis, est avec moi !

— Ho ! Désolé ! Je ne savais vraiment pas.

— Ce n'est rien.

— En tout cas, dit le jeune homme, tu es vraiment chanceux d'avoir une si belle petite amie.

J'entraîne rapidement Chrystal parmi la foule, à la recherche de Joseph, Jean-Simon et Lauranne. Nous courons maintenant, bousculant les fêtards au passage. J'entrevois Joseph, qui porte toujours Jean-Simon sur ses épaules, entre deux couples. Je me dirige à grands pas vers lui en l'interpellant.

Lorsqu'il me voit, il s'exclame :

— Mais où étiez-vous ? On vous avait perdus !

Chrystal répond :

— Je me suis fait retenir...

La musique s'arrête momentanément. Un des musiciens prend le microphone et dit :

— Et c'est reparti avec un petit air irlandais !

Puis la musique recommence.

Soudain, je la vois. Elle ne m'a pas remarqué, mais elle est bien là, devant moi. Je donne un coup de coude à Chrystal, puis un autre à Joseph. Lauranne enlace passionnément un garçon qui semble avoir environ treize ans. Mon cœur fait un bond en la voyant ainsi dans les bras d'un garçon. Ma sœur ne m'a jamais parlé de ses amours...

J'essaie de me frayer un passage jusqu'à elle. Elle ne m'a toujours pas vu. Lorsque je suis assez près d'elle pour qu'elle m'entende, je me racle la gorge. Elle ne me remarque pas. Je tousse assez fortement. Elle lève la tête, me contemple un moment, sourit et me fait un petit signe de la main. Je fronce les sourcils.

— Lauranne !

— Tu connais mon nom ?

— Lauranne ! C'est moi !

— Bien, je sais que c'est toi, mais vois-tu, toi, je ne sais pas qui tu es...

— Arrête de plaisanter, Lauranne.

— Qui es-tu ?

Chrystal répond :

— Tu ne nous reconnais pas ?

— Est-ce que je suis censée vous connaître ?

— Voyons, Lauranne! Je suis ton frère, Philippe!

— Et moi ta meilleure amie, Chrystal!

— Et moi Joseph, l'inventeur qui t'a sauvée du donjon!

— Et moi Jean-Simon, l'ami de ton frère qui a embrassé ta meilleure amie!

Je donne un coup de coude à Jean-Simon. Lauranne nous regarde sans comprendre.

— Je ne vois pas comment j'ai pu vous connaître, puisque je suis ici depuis... plusieurs années.

Son âme doit commencer à se séparer de son corps pour qu'elle ait ainsi perdu la notion du temps. Son petit ami semble aussi déconcerté qu'elle. Tout à coup, ses yeux s'ouvrent tout grands. Elle me regarde et me fait un grand sourire. Je sens qu'elle vient de me reconnaître. Elle saute presque sur moi. Son amoureux semble vraiment confus.

— Philippe! Je suis si heureuse de te voir et... ho! Chrystal! Comment vas-tu? Joseph! C'est... Je ne sais vraiment pas quoi dire!

Ces retrouvailles durent un certain temps. Puis, Lauranne nous présente son amoureux, Samuel, mort il y a environ dix ans, à l'âge de treize ans. Nous restons là pendant un certain temps à bavarder, oubliant le temps qui passe. Tout à coup, je réalise qu'il reste moins d'une heure avant que le lien unissant l'âme de Lauranne à son corps soit définitivement rompu. Je n'ose pas lui en parler devant Samuel, de peur qu'il n'essaie de l'influencer dans sa décision. Maladroitement, je demande à Samuel:

— Heu... Samuel?

— Oui?

— Il faudrait absolument que nous parlions à Lauranne et... heu... ça t'ennuie de rester là un moment?

— Pas du tout, allez-y.

Joseph, Chrystal, Lauranne et moi sortons du bâtiment et nous nous en éloignons légèrement pendant que Jean-Simon continue de parler avec Samuel.

Lauranne est surexcitée.

— Heu... Lauranne... Je ne sais pas si Eudi t'en a parlé, mais une fois qu'on est mort, on a trois jours avant que notre âme se sépare définitivement de notre corps. On a donc trois jours pour décider de retourner sur Terre. Et, dans ton cas, ça fera trois jours dans moins d'une heure. Si nous voulons retourner sur Terre avec toi, il... il faudrait le faire maintenant.

— Je devrais abandonner Samuel ici?

— Je crains que oui, répond Chrystal.

— Mais, je... Je suis si heureuse ici. C'est fantastique ! Et puis, il y a Samuel. C'est la première fois que je vis quelque chose d'aussi fort avec un garçon. Samuel est... mon âme sœur.

Je deviens de plus en plus inquiet quant à la décision de ma sœur. Pour vivre son amour, Lauranne serait prête à nous laisser, Chrystal et moi ? Elle serait prête à me faire ça, à moi, son petit frère ? J'essaie de la raisonner :

— Voyons, Lauranne ! Tu voudrais vraiment nous laisser partir, Chrystal et moi ?

Chrystal poursuit :

— Pense à toutes les aventures qu'on a vécues.

— Pense à papa et maman !

Lauranne me regarde tristement.

— Je suis morte, Philippe. J'ai été empoisonnée.

— Mais tu peux faire marche arrière!

— Je ne veux pas!

— Enfin, c'est ton choix. Tu sais qu'on veut que tu sois heureuse. Si ton choix est de rester ici avec Samuel, on va comprendre. Et si tu choisis de venir avec nous, s'il t'aime, je suis certain qu'il comprendra aussi.

Elle se met à pleurer.

Je la serre dans mes bras. Je sens que c'est l'une des dernières fois que je le fais.

Eudi apparaît devant moi et dit:

— Plus qu'une demi-heure avant qu'elle se sépare complètement de son corps.

Il disparaît.

Une boule me serre la gorge.

— Euh, Lauranne? Il ne reste qu'une demi-heure avant que tu te sépares complètement de ton corps.

Elle pleure encore plus.

— Vous êtes morts aussi! Pourquoi voulez-vous absolument retourner sur Terre?

— J'ai l'impression que ma mort n'était qu'un pont pour m'emmener vers quelque chose de plus grand. Ma mission terrestre n'est pas achevée, je le sens.

— Je ne sais pas... je ne sais plus. Je sens que je n'ai pas assez de temps pour prendre une décision raisonnable. J'ai fait mon deuil de la vie. Et puis, j'ai Samuel... Mais je vous aime tant!

— Que dirais-tu d'aller parler avec Samuel? Tu prendras ta décision après.

Elle approuve et s'éloigne pour aller retrouver son amoureux.

Plusieurs minutes passent. Chrystal dépose sa tête contre mon épaule. Elle est inquiète, je le sens.

Je regarde Joseph et demande :

— Qu'allez-vous faire ?

— Après avoir rencontré de Vinci et découvert toute la magie de ce monde, il me semble inconcevable de retourner à la vie. Ma place est ici.

Je rejoins Lauranne dans la salle. Je la regarde, d'un regard qui lui demande sa décision. J'attends quelques secondes. Elle me contemple en essuyant les larmes qui coulent sur ses joues. Elle se tourne vers Samuel, qui a l'air grave. Puis elle se retourne vers Chrystal et moi.

Ne pouvant plus attendre, je l'interroge :

— Alors ? Quelle est ta décision ?

Lorsqu'elle me saute dessus en pleurant de plus belle, je comprends. Je comprends si bien que je ne peux réagir. Je prends le temps d'encaisser le choc, puis je me mets à pleurer en l'attirant un peu plus contre moi. C'est clair, dur et cruel. Mais la réalité est ainsi : je ne la reverrai plus.

Dures séparations

ean-Simon, Joseph, Chrystal, Lauranne, Samuel et moi sortons pour discuter une dernière fois, les six réunis. Nous avons tous les larmes aux yeux. On s'enlace intensément en se souhaitant bonne chance. Je remercie Jean-Simon et Joseph pour les bons moments et toute l'aide qu'ils m'ont apportée.

Je retourne aux côtés de ma sœur et lui prends la main. Elle me regarde en essayant de retenir ses larmes.

— Je n'ose pas te le dire, avoue-t-elle, mais il me semble que c'est ce que j'ai à faire. Alors...

Elle me serre contre elle.

— Au revoir. Parce qu'on se reverra, quand tu mourras. J'espère que tu ne m'en veux pas.

— Bien sûr que non, dis-je en pleurant à chaudes larmes.

Nous restons l'un contre l'autre un bon moment. Puis, avant de me séparer d'elle, je lui demande :

— Y a-t-il quelque chose que tu aimerais que je dise à papa et maman ?

Elle ne répond pas tout de suite et continue de pleurer. Après un certain temps, elle sanglote :

— Je veux que tu leur racontes toute l'histoire, tout ce qui s'est passé au 18e siècle et tout ce qui s'est passé ici. Je veux que tu les rassures en leur disant que je suis heureuse, là où je suis. Je ne veux pas de funérailles tristes. Amusez-vous en vous disant que je suis amoureuse dans le plus beau des paradis. Mais surtout, dis-leur que je les aime. Et dis-leur merci pour tout ce qu'ils ont fait pour moi. Promets-moi cela.

— Je te le promets, j'arrive à articuler malgré les sanglots qui me nouent la gorge.

— Je t'aime tellement, Philippe! Tu es si courageux et persévérant! J'aimerais tant que tu restes avec moi!

— Mais la vie m'attend! Ma mission sur Terre n'est pas encore terminée.

— Je sais.

— Merci pour toute ton aide dans ma mission en Erianigami.

— Ça m'a vraiment fait plaisir de t'accompagner, mon petit frère.

En repensant à tous les bons moments que j'ai vécus avec ma sœur, je pleure encore plus.

— Oh! Que tu vas me manquer!

— À moi aussi!

Je la serre encore plus fort en sachant très bien que c'est vraiment la dernière fois.

Le temps semble s'arrêter. Je vois le paysage tourner autour de moi et devenir complètement flou, puis, lorsque tout arrête de tourner, je réalise que je suis revenu dans la salle de marbre, celle dans laquelle je suis arrivé, avant d'entrer dans le hall du Terminal des Terminés. Eudi est à côté de nous.

— Vous voici dans la salle où se déroule le rituel de désunion. Le lien invisible qui unit son âme à son corps se brisera et elle tombera en transe pendant au moins une semaine.

— En se réveillant, va-t-elle se souvenir de quelque chose ? je demande.

— Oui, elle se souviendra de tout.

Je reste là, à enlacer ma sœur pendant plusieurs minutes, quand soudain elle me lâche et se laisse tomber sur le sol.

Je la relève et Samuel m'aide à la soutenir.

— Est-ce que ça va, Lauranne ? demande Jean-Simon.

— Je ne sais pas. Je me sens si faible tout à coup. Je ne sais vraiment pas ce que j'ai...

— Est-ce que tu as mal ? demande Chrystal.

— Non. Je me sens faible, mais à la fois tellement bien ! Je crois que je vais m'endormir...

— Le lien se rompt, dit Eudi. Lauranne, tu peux imaginer un endroit, celui que tu veux, et nous y serons tous transportés afin d'assister à ce moment important, te séparant irrémédiablement du monde des vivants.

Les larmes coulent encore plus abondamment sur mes joues. Maintenant, c'est définitif, elle reste ici.

Lauranne se concentre, puis la salle devient floue. Lorsqu'elle se matérialise complètement, je me rends compte que nous sommes dans sa chambre. Elle est couchée sur son lit. Mon cœur s'alourdit encore plus en pensant que c'est la dernière fois qu'elle l'occupe. Dorénavant, il sera vide. Elle s'adresse à moi et à Chrystal.

— Je vous aime beaucoup et je ne vous oublierai jamais.

Elle essuie une dernière larme qui coule sur sa joue et garde les yeux mi-clos. Un sourire grimpe sur ses joues.

— Non! Lauranne! Ne ferme pas les yeux! Reste encore avec nous! S'il te plaît! je crie.

Elle me chuchote :

— Bonne... chance...

— Lauranne! Je t'aime, Lauranne!

— Moi aussi... je t'aime... Philippe.

Ses yeux sont complètement fermés à présent.

Je me penche sur elle, lui prends la main et dis :

— On ne se reverra pas avant ma mort, mais je te garde pour toujours dans mon cœur.

— Moi aussi, mon petit frère... articule-t-elle avec peine.

J'essuie les larmes qui coulent sans retenue sur mes joues.

— Au revoir... ajoute-t-elle dans un murmure.

Je lui lâche la main et me lève. Je prends Chrystal par la taille et nous disons un dernier au revoir à Samuel, Joseph, Jean-Simon et Eudi.

Eudi serre ma main, et serre ensuite celle de Chrystal.

— Marchez vers le mur devant vous. Le passage vers le monde des vivants est ouvert.

Je me tourne vers l'amoureux de ma sœur :

— Prends bien soin d'elle, lui dis-je.

— C'est promis! répond-il.

Enfin, je prends une grande inspiration et commence à avancer vers le mur, ma main dans celle de Chrystal. J'y suis presque lorsque j'entends Lauranne murmurer mon nom par télépathie. Je me retourne vivement. Elle a rouvert les yeux et soutient mon regard, une dernière fois.

— Je... je veux que... tu saches... que... que je vais... demander... une... une faveur... à Eudi...

Son corps se détend d'un coup et sa respiration ralentit. Voilà, elle ne peut plus faire marche arrière.

J'essuie encore une fois mes yeux et me dirige d'un pas lent, mais assuré, vers le mur. Avant d'y pénétrer, je me retourne une dernière fois vers Eudi :

— Merci pour tout et... à la prochaine.

Je pénètre dans le mur, suivi de Chrystal.

De retour chez moi

Je suis couché sur le trottoir aux côtés de Chrystal. Encore bouleversés, nous nous levons et essayons de nous orienter. Je pousse un soupir de soulagement en reconnaissant ma rue. Ma maison est située à près d'un kilomètre d'ici. Il fait nuit et de gros nuages voilent le clair de lune. Nous avançons en silence, trop perturbés pour parler. J'ai la tête qui bourdonne de questions : Quel sera l'accueil de mes parents ? Croiront-ils à mon histoire ? Quelle sera leur réaction en apprenant la mort de Lauranne ? Que feront-ils de Chrystal? L'enverront-ils en foyer d'accueil, ou au contraire l'accepteront-ils dans notre famille?

Une dizaine de minutes plus tard, j'aperçois ma maison. Mon cœur se met à battre si vite que je crois que je vais m'évanouir. Quatre voitures de police sont garées devant. Je vois mes parents, dehors, enlacés l'un contre l'autre. Ma mère pleure à chaudes larmes et mon père s'essuie les yeux avec un mouchoir. Je ne suis plus qu'à deux maisons de chez moi. J'aurais envie de leur crier que je suis là, mais c'est à ce moment que je m'aperçois à quel point je suis fatigué. Chrystal me saisit la main et dit dans un souffle:

— Ils nous ont cherchés tout ce temps!

J'accélère légèrement le pas mais je ne peux courir, car je tomberais tellement je me sens faible. Nous ne sommes plus qu'à une maison et personne ne nous a remarqués. J'entends un des policiers dire à maman :

— Nous avons fouillé tout le quartier, madame. Nous allons tout de même continuer les recherches, mais s'ils ont fugué, ils sont peut-être bien loin. Ça fait déjà plusieurs jours qu'ils ont disparu.

Maman échappe un cri étouffé et s'effondre presque sur mon père, qui lui murmure des mots rassurants à l'oreille. Rassemblant les très maigres forces qu'il me reste, je m'élance vers mes parents, accompagné de Chrystal. Je dis d'une voix assez forte, mais sans crier :

— On est là ! On n'est pas morts !

Ma mère pousse un hurlement et mes deux parents accourent vers moi. Ce n'est qu'en arrivant à leur hauteur que ma fatigue atteint son apogée. Je m'efforce de sourire et soutiens leur regard quelques instants. Puis, n'en pouvant plus, je m'effondre sur le sol, ferme les yeux et m'évanouis.

À suivre...